AF359333

CATALOGUE

D'UNE COLLECTION REMARQUABLE

D'OBJETS D'ART

ET

DE HAUTE CURIOSITÉ

DEUX TRÈS-BELLES FEUILLES DE DIPTYQUES CONSULAIRES

SCULPTURES EN IVOIRE, EN BOIS ET EN MARBRE

TERRES CUITES

MAJOLIQUES ITALIENNES DE TRÈS-BELLE QUALITÉ

Grands Plats, Vasques, Gourdes, Coupes

Des Fabriques de Gubbio, Urbino, Deruta, Chaffagiolo, Castel-Durante, etc.

COUPES, SALIÈRES, PLAQUES, ETC., EN ÉMAIL DE LIMOGES

GRAND ET BEAU COFFRE EN CRISTAL DE ROCHE

MÉDAILLONS ET COUPE EN PORPHYRE ROUGE ORIENTAL

BIJOUX, MINIATURES, ORFÉVRERIE

BELLES PORCELAINES DE CHINE, DE SÈVRES

ET AUTRES

BRONZES D'AMEUBLEMENT DES ÉPOQUES LOUIS XIV, LOUIS XV ET LOUIS VXI

TRÈS-BEAU ET GRAND RÉGULATEUR DU TEMPS DE LOUIS XIV

MEUBLES, BELLE SUITE DE NEUF TAPISSERIES DU XVIe SIÈCLE

Le tout arrivant de l'Étranger

ET DONT LA VENTE AURA LIEU

HOTEL DROUOT, Salle N° 8

Les Lundi 8 et Mardi 9 Mars 1869

À DEUX HEURES

Par le ministère de M° **CHARLES PILLET**, Commissaire-Priseur,

10, rue de la Grange-Batelière,

Assisté de M. **Charles MANNHEIM**, Expert, 7, rue Saint-Georges.

Chez lesquels se trouve le présent Catalogue.

EXPOSITIONS
{ PARTICULIÈRE : le Samedi 6 Mars 1869.
{ PUBLIQUE : le Dimanche 7 Mars 1869.

CONDITIONS DE LA VENTE

Elle sera faite au comptant.

Les acquéreurs payeront *cinq pour cent* en sus des adjudications.

L'exposition mettant le public à même de se rendre compte de l'état des objets, il ne sera admis aucune réclamation une fois l'adjudication prononcée.

Paris. — Imprimerie de Pillet fils aîné, rue des Grands-Augustins, 5.

DÉSIGNATION DES OBJETS

SCULPTURES EN IVOIRE

1 — IVOIRE. Grand et magnifique volet de *diptyque consulaire*, sculpté en bas-relief.

Il offre dans sa partie supérieure l'image du consul, revêtu de tous les ornements de sa dignité, et assis sur un trône supporté par des pieds de lion. Dans la partie inférieure, un certain nombre de personnages assistent, d'une tribune, à un combat du cirque.

Dans le haut, un cartouche fragmenté porte l'inscription suivante : . . . . . . OB. DAGAL. AREOBINDVS. V. I.

GORI, dans son ouvrage publié à Florence, en 1759 : *Thesaurus veterum Diptychorum* (vol. Ier, pl. VII, p. 213), décrit le diptyque d'Areobindus, consul en l'an 506, et l'appelle le : *Diptychon Norimbergense et Turicense* (Zurich).

L'inscription, actuellement incomplète, est reproduite en son entier : FL. AREOB. DAGAL. AREODINDUS. V.I., et se lit ainsi :

FLavius. AREOBindus. DAGALaiphus. AREOBINDVS. vir. illustris.

Areobindus jeune, surnommé le Grand, était fils de Dagalaiphus, qui était consul en l'an **461** de notre ère, et qui était fils à son tour de Areobindus le vieux.

Areobindus le jeune, comme nous le disons plus haut, était consul en l'an 506.

Haut., 38 cent.; larg., 14 cent.

2 — Autre beau volet de *diptyque consulaire*, sculpté en bas-relief.

Il offre, comme celui qui précède, l'image d'un consul, revêtu de tous les ornements de sa dignité, et assis sur un trône, entre deux figures casquées debout. Dans la partie inférieure, deux esclaves vident des sacs de monnaie. Dans le haut, on lit l'inscription suivante, précédée d'une croix : ARAGANTI. DEO. VOTA.

Les deux pièces qui précèdent datent des premières années du vi⁰ siècle. Elles sont des plus intéressantes et de la plus grande rareté, et méritent de fixer l'attention des amateurs.

Haut., 36 cent.; larg., 25 cent.

3 — IVOIRE. Triptyque, divisé en trois registres superposés, représentant diverses scènes, tirées de la vie du Christ, placés sous des arceaux en ogive. Ouvrage du xiv⁰ siècle.

Haut., 25 cent.; larg., 20 cent.

4 — IVOIRE. Petit diptyque, divisé en deux registres, représentant huit sujets sculptés en bas-relief, tirés de la vie du Christ. Ouvrage du xiv⁰ siècle.

Haut., 75 millim.; larg., 12 millim.

5 — IVOIRE. Bas-relief sans fond. Groupe composé de deux figures de saintes femmes, soutenant la Vierge évanouie. xv⁰ siècle.

Haut., 16 cent.

6 — Ivoire. Ronde bosse. Groupe de deux figures, représentant le sacrifice d'Abraham. Ouvrage de la fin du xvie siècle.

Haut., 19 cent.

7 — Ivoire. Haut-relief. Piéta ; le Christ mort, étendu sur les genoux de sa mère, une sainte femme agenouillée lui baise la main. xive siècle.

Haut., 13 cent.; larg., 16 cent.

8 — Os. Triptyque vénitien en marqueterie de bois et d'ivoire, orné de bas-relief en os sculpté, représentant la Vierge debout et divers saints personnages. xvie siècle.

Haut., 31 cent.; larg., 2 ' cent.

9 — Ivoire. Deux bas-reliefs, représentant l'un une figure de Flore à demi couchée, tenant une corne d'abondance d'où s'échappent des fleurs, et l'autre une figure de Bacchus tenant une corne, d'où s'échappent des raisins. Ouvrage dans le style de Van Opstal.

Haut., 11 cent.; larg., 18 cent.

10 — Ivoire. Bas-relief. Groupe de femmes nues sortant du bain. xviie siècle.

Haut., 13 cent.; larg., 10 cent.

11 — Ivoire. Amorçoir de forme ronde et aplatie, sculpté à sujets de chasse. Il offre au centre, dans un médaillon, le sujet de Diane et Actéon. xviie siècle.

Diam., 14 cent.

12 — Ivoire. Bas-relief. Vénus, Satyre et Amours.
xviiᵉ siècle.

Haut., 13 cent.; larg., 11 cent.

13 — Ivoire. Statuette. Jupiter debout. xviiᵉ siècle.

Haut., 16 cent.

14 — Ivoire. Statuette. Figure de sainte Reine debout tenant un sceptre fleurdelisé.

Haut., 15 cent.

15 — Ivoire. Petit groupe. Négrillon monté sur un cha-
meau, sculpture très-fine du xviᵉ siècle.

Haut., 6 cent.

16 — Ivoire. Boîte ronde et plate. Le couvercle, sculpté en
bas-relief, représente un groupe de femmes nues et un
satyre. Le fond offre les figures de Mercure et Pâris.
xviiᵉ siècle.

Diam., 75 millim.

17 — Ivoire. Bas-relief ovale. Triomphe de Neptune, découpé à jour, dans un encadrement de fruits et feuillages. xviiiᵉ siècle.

Haut., 13 cent.; larg., 35 millim.

18 — Ivoire. Bas-relief rond, représentant Louis XIV
couronné par la Victoire. Travail très-fin de l'é-
poque.

Diam., 95 millim.

19 — Ivoire. Deux petites coupes modèle coquille, suppor-
tées par un triton monté sur un cheval marin. xvɪᵉ siècle.

Haut., 10 cent.

SCULPTURES EN BOIS

20 — Bois. Très-beau reliquaire en forme de façade de
monument gothique, très-finement sculpté et repercé
à jour, enrichi de statuettes et de bustes de saints personnages ainsi que de diverses scènes tirées de la vie du
Christ.

Haut., 60 cent.; larg., 24 cent.

21 — Bois. Grand et beau bas-relief, représentant un portrait d'homme vu à mi-corps en riche costume du
xvɪᵉ siècle. Une longue inscription placée au bas du tableau, et que nous reproduisons ci-après, donne les
noms et qualité du personnage ainsi que le nom de
l'auteur.

INVICT. FERD. HVN. BOHE ET REGIS. CONSILIARIUS ET
QUESTOR PER SILESIAM. LYSACIAM. HENRICUS RIBISCH. A. V.
COENSURE DOCTOR. SIC OCULOS. SIC ILLE. GENAS. SIC ORA
FEREBAT. ANNO ETATIS SVE XXXXV.
1530. OPVS MELCHIOR SILESIVS.

Haut., 77 cent.; larg., 51 cent.

22 — Bois. Vidrecome de forme cylindrique reposant sur un pied de sanglier debout soutenu par une figurine d'homme en bois sculpté. Le vase offre au pourtour des mascarons têtes d'enfants, des mufles de lion, des fruitages et des enroulements en relief. xvi⁰ siècle.

Haut., 47 cent.

23 — Bois. Petit médaillon rond sculpté en haut-relief et provenant d'une noix de chapelet. Il représente un sujet tiré de la vie du Christ. Travail très-fin des premières années du xvi⁰ siècle.

Diam., 27 millim.

24 — Bois. Triptyque. Le tableau central présente la figure de la Vierge tenant son divin fils sur son bras gauche, couronnée par deux anges, ainsi que la figure du Père éternel. Autour de la figure principale, des petits médaillons ronds représentant des scènes de la Passion sont rapportés sur le fond. Les volets offrent chacun quatre bas-reliefs repercés à jour dont les sujets sont tirés de la vie du Christ. xvi⁰ siècle.

L'extérieur est garni en peau de chagrin.

Haut., 15 cent.; larg., 16 cent.

25 — Bois. Deux statuettes de femmes nues debout. L'une d'elles porte la signature Tomas Wolf. xvii⁰ siècle.

Haut., 15 cent.; larg., 16 cent.

26 — Bois. Deux petits flambeaux en bois finement sculpté à rinceaux et oiseaux. Époque Louis XIII.

Haut., 15 cent.

27 — **Bois.** Petit coffre sculpté à rinceaux et portant sur le couvercle un chiffre couronné. Époque Louis XIV.

Haut., 8 cent.; larg., 17 cent.

28 — **Bois.** Petite coupe modèle coquille, supportée par un groupe de trois enfants nus debout en buis sculpté.

Haut., sans le pied, 14 cent.

SCULPTURES DIVERSES

29 — **Terre cuite.** Deux jolis vases de forme ovoïde, présentant au pourtour des sujets de Bacchanale, finement modelés en bas-relief, par **Clodion**. Monture de style Louis XVI en bronze doré.

Haut., 40 cent.

30 — **Marbre blanc.** — Bas-relief sans fond; buste de Jean Bellin, profil à gauche, appliqué sur un fond de marbre vert antique.

Haut., 50 cent.; larg., 31 cent.

31 — **Pierre de Kehlheim.** Haut-relief. Vénus nue endormie surprise par l'Amour. XVIIe siècle.

Haut., 17 cent.; larg., 11 cent.

32 — ALBATRE. Bas-relief, représentant le calvaire, placé dans un joli cadre en bois sculpté composé d'enroulements, de figurines, de mufles de lion, fruitages, etc. Travail flamand du XVIe siècle.

Haut., 47 cent.; larg., 30 cent.

33 — TERRE CUITE. Petite coupe ronde ou encrier à couvercle, supportée par trois figurines d'enfants accroupis. Travail italien du XVIIe siècle.

Haut., 14 cent.

34 — TERRE CUITE. Buste, grandeur nature de MICHEL ANGE.

Haut., 75 cent.

35 — TERRE CUITE. Buste grandeur nature de LORENZO DI CREDI.

Haut., 75 cent.

FAIENCES ITALIENNES

36 — FABRIQUE DE GUBBIO. Jolie coupe ronde à décor à reflets métalliques rouge rubis et bleu nacré, par MAESTRO GIORGIO et portant au revers la date de 1535.

Elle représente un groupe de figures tirées de la mythologie. Au premier plan est l'Amour.

Haut., 26 cent.

37 — Fabrique d'Urbino. Jolie coupe ronde, par Fra Xanto di Rovigo portant au revers la signature F. X. A. R. Urbino, ainsi que le millésime de 1534.

Elle représente Cléopâtre mordue par l'aspic.

Diam., 26 cent.

38 — Fabrique d'Urbino. Grand et magnifique plat rond attribué à Orazio Fontana. Il présente au centre un grand écusson armorié soutenu par deux figures de génies debout décorés en couleurs. Autour de ce médaillon se trouve une frise d'arabesques exécutée par le procédé *bianco sopra bianco*. Le bord très-large est entièrement couvert par une composition remarquable représentant le sujet de la manne tombant du ciel.

Pièce exceptionnelle.

Diam., 52 cent.

39 — Même fabrique. Très-beau plat rond et creux entièrement couvert d'un riche décor représentant l'incendie de Troie. Composition d'un grand nombre de figures. Pièce remarquable.

Diam , 46 cent.

40 — Même fabrique. Beau plat rond et creux présentant au centre de l'ombilic le sujet de Léda et le cygne peint en grisaille, entouré d'une large bordure composée de jeux d'amours peints en couleurs. Le bord du plat présente un décor analogue exécuté en grisaille. Belle qualité.

Diam., 46 cent.

41 — Même fabrique. Autre grand et beau plat rond et creux présentant sur l'ombilic un écusson armorié soutenu par deux figures de génies debout. Le reste du plat est couvert de trophées d'armes et d'arabesques en camaïeu bleu avec moulure et bord émaillés jaune.

Diam.. 46 cent.

42 — Même fabrique. Grand plat rond décoré d'un sujet tiré de l'histoire romaine et composé d'un grand nombre de figures. Le bord présente des médaillons ronds imitant des camées reliés entre eux par des grotesques émaillés en couleurs sur fond blanc. Il porte au revers une longue inscription italienne.

Diam., 52 cent.

43 — Même fabrique. Très-beau plat trilobé divisé par compartiments décorés de grotesques et d'arabesques sur fond blanc avec entre-deux composés de figures de Génies montés sur des Dauphins. Le médaillon central présente un groupe de figures.

L'extérieur offre des enroulements et des cygnes en relief et émaillés en couleurs. Très-belle qualité.

Diam.. 45 cent.

44 — Même fabrique. Belle gourde de forme aplatie et à deux anses, têtes de Satyres dont les cornes forment des enroulements. Elle représente d'un côté le sujet de la manne tombant du ciel et de l'autre un autre sujet tiré de l'Ancien Testament. Elle porte dans le haut un écusson d'armoiries.

Haut., 35 cent.

45 — **Même fabrique.** Gourde analogue à celle qui précède et pouvant lui servir de pendant.

Haut., 35 cent.

46 — **Même fabrique.** Autre gourde; celle-ci est décorée de deux scènes tirées de la vie d'Orphée et ses anses sont formées de branches enroulées.

Haut., 35 cent.

47 — **Même fabrique.** Gourde de même forme que celle qui précède. Elle offre sur un de ses côtés le sujet de Persée délivrant Andromède. La panse présente deux médaillons ronds saillants décorés de têtes de nègres en silhouette sur fond bleu.

Haut., 35 cent.

48 — **Même fabrique.** Beau plat rond représentant le sujet de l'enlèvement d'Hélène. Le bord est décoré de figures d'enfants, de bacchants et de bacchantes sur fond blanc.

Diam., 45 cent.

49 — **Même fabrique.** Grand plat rond entièrement couvert d'un riche décor composé d'un grand nombre de figures. Il porte au revers un grand cartouche renfermant une longue inscription, au dessus duquel se trouve la date de 1549 et au dessous le nom : **Mazzo.**

Diam., 46 cent.

50 — **Même fabrique.** Plat rond représentant des gladiateurs combattant, en présence de nombreux spectateurs.

Diam., 45 cent.

51 — **Même fabrique.** Magnifique vasque trilobée reposant sur trois pieds de lion et à anses ornées de mascarons et d'enroulements. Elle représente à l'intérieur l'attaque d'une ville entourée d'eau et porte un écusson armorié. A l'extérieur elle offre des paysages et des monuments.

Pièce remarquable.

Haut., 23 cent.; diam., 48 cent.

52 — **Même fabrique.** Vasque ronde à deux anses formées de syrènes en ronde bosse.

Elle est décorée de grotesques et de figures de génies sur fond blanc, et offre au fond un médaillon de personnages. L'extérieur est aussi décoré de grotesques ainsi que d'un large écusson armorié. Le fond présente une figure d'Amphitrite montée sur un dauphin.

Haut., 12 cent.; diam., 44 cent.

53 — **Même fabrique.** Coupe ronde représentant Apollon et les Muses.

Diam., 28 cent.

54 — **Même fabrique.** Coupe ronde et creuse représentant l'enlèvement de Proserpine par Pluton.

Diam., 27 cent.

55 — **Même fabrique.** Coupe ronde et creuse représentant une scène tirée de l'histoire de Jupiter.

Diam., 26 cent.

56 — Même fabrique. Coupe ronde représentant un sujet mythologique. Ce plat porte comme marque deux sceptres formant la croix.

Diam., 29 cent.

57 — Même fabrique. Petit plat rond représentant le sujet de la construction de l'arche de Noé.

Diam., 24 cent.

58 — Même fabrique. Plat rond analogue à celui qui précède. Il offre le sujet d'Adam et Eve tentés par le serpent.

Diam., 24 cent.

59 — Même fabrique. Petit plat rond et creux, représentant Hercule, terrassant l'Hydre de Lerne. Au revers est un écusson armorié.

Diam., 25 cent.

60 — Même fabrique. Plat analogue à celui qui précède et portant au revers les mêmes armoiries. Il représente Vénus, l'Amour et Jupiter sous les traits d'un satyre.

Diam., 24 cent.

61 — Même fabrique. Petit plat rond, représentant deux cavaliers combattant.

Diam., 25 cent.

62 — Même fabrique. Plat rond, représentant un sujet mythologique. Il porte au revers l'indication du sujet et la date de 1542.

Diam., 27 cent.

63 — **Même fabrique.** Coupe ronde représentant Mucius Scevola devant Porsenna.

Diam.. 22 cent.

64 — **Fabrique de Deruta.** Grand plat rond à décors à reflets métalliques bleu nacré et mordoré, rehaussé de bleu. Il offre au centre un buste de femme et porte sur une banderolle l'inscription : *Isabella Bella*. Le bord est décoré de fleurons et d'ornements.

65 — **Fabrique de Faenza.** Petit plat creux, dit *coupa amatoria*, décoré d'ornements en couleurs sur fond bleu clair et présentant au centre une figure d'amour assis.

Diam., 25 cent.

66 — **Fabrique de Chaffagiolo.** Plat rond et creux, dit *coupa amatoria*, décoré au centre d'une figure de Diane en camaïeu jaunâtre. Le bord offre de fines arabesques en camaïeu bleu.

Diam., 26 cent.

67 — **Fabrique de Castel Durante.** Vase de forme cylindrique décoré de trophées d'armes en jaune d'ocre sur fond bleu et portant un large mascaron tête de satyre.

Haut., 43 cent.

ÉMAUX DE LIMOGES

68 — Très-Belle coupe ronde sur piédouche élevé. Peinture en grisaille sur fond noir, rehaussée d'or par Pierre Raymond.

L'intérieur offre le sujet du repas d'Énée et de Didon placé dans un cartouche oblong, surmonté d'une figure de Diane à demi couchée, tenant des festons de fruits. Au-dessous, un petit médaillon ovale représente le sujet de l'enlèvement d'Hélène.

L'extérieur est décoré de feuilles formant rosace et d'un tore de lauriers avec arabesques d'or.

Le piédouche présente des guirlandes de fruits, des têtes de chérubin, et porte sur deux cartouches le monogramme P. R., ainsi que le millésime de 1558.

Haut., 16 cent.; larg., 19 cent.

69 — Belle coupe ronde sur piédouche à balustre. Peinture en grisaille sur fond noir, chairs teintées par Pierre Raymond.

Elle représente à l'intérieur un sujet tiré de la vie de Moïse (Exode xviii), et porte l'inscription : Le jugement de Moïse, 1575. Elle offre à l'extérieur des mascarons, reliés entre eux par des festons de lauriers.

Le piédouche est décoré d'un sujet tiré de l'Ancien-Testament (Exode xvi), et le balustre présente quatre médaillons renfermant des bustes.

La coupe et le pied portent le monogramme **P. R.**

Haut., 15 cent.; diam., 18 cent.

70 — **Salière** sur pied à balustre. Peinture en grisaille sur fond noir, chairs teintées par **Pierre Raymond**. La cavité présente une tête d'homme casquée sur fond pointillé d'or. Le pied représente diverses scènes tirées des travaux d'Hercule, et le balustre le triomphe de Neptune et Amphitryte.

Haut., 10 cent.

71 — **Deux belles plaques carrées**. Peinture en grisaille teintée sur fond noir, attribuée à **Pierre Pénicaud**. L'une d'elles représente l'Astronomie, figurée par une femme nue, assise, entourée d'enfants, tenant divers instruments. L'autre représente la Dialectique, figurée par un groupe analogue,

Haut., 23 cent.; larg., 37 cent.

72 — **Coupe ronde sans pied**. Peinture en grisaille sur fond noir par **Pierre Raymond**. Elle représente, à l'intérieur, un sujet tiré de l'Ancien Testament et à l'extérieur une rosace à feuillages et un tore de lauriers.

Diam., 18 cent.

73 — **Plaque carrée**. Peinture en grisaille par **Léonard Limousin**, portant le monogramme de cet artiste ainsi que le millésime de 1539. Elle représente le Triomphe de Neptune.

Haut., 15 cent.; larg., 21 cent.

74 — **Petite plaque rectangulaire**. Peinture en grisaille sur fond noir, attribuée à **Pierre Pénicaud**. Elle représente diverses scènes tirées des travaux d'Hercule.

Haut., 85 millim.; larg., 16 millim.

75 — PLAQUE CARRÉE, à angles coupés. Peinture en émaux de couleurs, attribuée à LÉONARD LIMOUSIN. Elle représente le Jugement de Pâris.

Long., 30 cent.; haut., 18 cent.

76 — DEUX PLAQUES CARRÉES. Peinture en émaux de couleurs, rehaussée d'or de la première moitié du xvie siècle, attribuée à COLIN NOYLIER. Sujets tirés de l'Énéide, d'après des gravures sur bois du Virgile imprimé à Strasbourg, en 1502.

Haut., 23 cent.; larg., 20 cent.

77 — DEUX PLAQUES RONDES, décorées sur leurs deux faces. Peinture en grisaille, rehaussée de couleurs et d'or. xvie siècle. Elles représentent d'un côté le sujet du mauvais Riche et la Moisson, et au revers des bustes d'empereurs romains.

Diam., 14 cent.

78 — PLAQUE OCTOGONE en hauteur. Peinture en émaux de couleurs et sur paillon, attribuée à FRANÇOIS LIMOUSIN.

Buste vu de trois quarts de Charles IX, fils de Henri II et de Catherine de Médicis, surmonté de la couronne royale et entouré de fleurons.

Cette plaque est montée dans un joli cadre italien en bois d'ébène à moulures enrichi d'incrustations de jaspe et de lapis et garni de bronzes dorés.

Haut. totale, 40 cent.; larg., 17 cent.

79 — PETITE PLAQUE OVALE. Peinture en émaux de couleurs et sur paillons, attribuée à JEAN DE COURT.

La Fortune représentée par une femme debout sur une conque.

Haut., 95 millim.; larg., 70 millim.

80 — DEUX SALIÈRES HEXAGONES. Peinture en émaux de couleurs sur fond noir. XVIᵉ siècle.

Les cavités sont décorées des bustes d'Hélène et de Pâris et chaque face offre une figure de génie.

Ces deux pièces portent des inscriptions en vieux français.

Haut., 5 cent.

81 — SALIÈRE analogue à celles qui précèdent, mais plus grande.

Haut., 7 cent.

82 — DEUX PETITS MÉDAILLONS RONDS peints en émaux de couleurs sur fond noir. *Samson le fort* et *Hercule le fort*. Cadre en cuivre.

Diam., 5 cent.

PORPHYRES

83 — PORPHYRE ROUGE ORIENTAL. Grand et beau mortier à gorge et moulures, garni de deux anses formées de tritons en bronze. Travail italien du XVIᵉ siècle.

Haut., 25 cent.; diam., 34 cent.

84 — PORPHYRE ROUGE ORIENTAL. Haut relief. Buste de femme vu de trois quarts et tourné vers la gauche, appliqué sur un médaillon ovale en marbre blanc.

Haut., 50 cent.; larg., 37 cent.

85 — PORPHYRE ROUGE ORIENTAL. Bas-relief ovale représentant un buste d'homme casqué et portant l'armure, dans un cadre en bois sculpté, doré en partie.

Haut., 55 cent.; larg., 48 cent.

MATIÈRES PRÉCIEUSES

86 — CRISTAL DE ROCHE. Grande et belle coupe ronde à six lobes, finement gravée à arabesques et rinceaux. Elle est montée sur un pied à balustre en argent doré. Travail milanais du XVI⁰ siècle.

Diam., 19 cent.

1585

87 — CRISTAL DE ROCHE. Coupe de forme ovale allongée à lobes, gravée à fleurs. Le pied de même matière est garni en argent.

Larg., 175 millim

280

88 — CRISTAL DE ROCHE. Grand et magnifique coffre carré en cuivre doré, entièrement garni de belles plaques de diverses dimensions, dont quelques-unes gravées en creux. Le couvercle présente à chacun de ses angles et au milieu de grandes fleurs de lys.

Haut., 45 cent.; larg., 57 cent.

2200

89 — AGATE. Vidrecome à couvercle, monté à anse en argent émaillé à fleurs de couleurs sur fond bleu clair. Époque Louis XIII.

Haut., 12 cent.

455
Couvreur

400

90 — CRISTAL DE ROCHE. Belle croix présentant le Christ, gravé en creux et reposant sur un pied de même matière à moulures et évidé. xvıe siècle.

Haut., 40 cent.

BIJOUX

520

91 — JOLI COFFRET oblong en écaille posée et piquée d'or, enrichi d'incrustations de nacre gravé. Il offre des figures allégoriques, des bustes et des ornements et contient cinq flacons avec bouchons en écaille, posée d'or. Travail napolitain du xvıııe siècle.

Larg., 13 cent.

92 — BELLE INTAILLE sur agate orientale, signée PIKLER et représentant Vulcain forgeant, entouré de diverses figures.

93 — BOITE RONDE en vernis de Martin, représentant l'accordée de village d'après Greuze.

94 — PETIT BIJOU pendentif en or émaillé, représentant Vénus et l'amour ; il est suspendu à une chaînette d'or et garni d'une perle fine. xvıe siècle.

95 — Médaillon, composé d'ornements en or repoussé, repercé à jour et émaillé de couleurs variées. Il renferme un Christ en croix, xvie siècle.

96 — Médaille ovale en or de Johann Frideric, D. G. Dux, Wertemb, portant la date de 1615. Au revers les armoiries du personnage et sa divise : Consilio et Constantia. L'encadrement, composé de rinceaux en or émaillé en couleurs et repercé à jour, est enrichi de quatre petits rubis et d'une pendeloque en perle fine.

97 — Portrait d'homme, peint à l'huile, monté dans un cadre en argent, ciselé et doré, portant un chiffre couronné et enrichi de diamants. — Table et autres pierres.

98 — Petite boite ovale en or émaillé; le pourtour représente des paysages avec figures, et le couvercle une figure de Cléopâtre, vue à mi-corps en costume du temps de Louis XIV.

99 — Couvert composé de trois pièces avec manches en écaille blonde enrichis d'ornements en poudre d'or. Époque Louis XV.

100 — Grande plaque carrée en émail représentant le maréchal Brune à cheval. Cette peinture porte la signature de Seguin.

101 — Montre Louis xvi en or ciselé, ornée d'une peinture sur émail, groupe de deux figures. Mouvement de Berthoud à Paris.

102 — Autre montre analogue à celle qui précède, mais plus grande; le médaillon représente une offrande à l'Amour.

103 — Montre Louis XV à cuvette émaillée, représentant une scène champêtre dans le style de Boucher. Monture en or.

104 — Montre de forme octogone en cristal de roche avec monture décorée d'émaux translucides. Travail moderne dans le style du xvi° siècle.

105 — Heures manuscrites sur vélin du XV° siècle, précédées du calendrier et enrichies de onze miniatures encadrées d'ornements variés.

106 — Petit coffret en cuivre argenté, garni d'ornements rapportés et repercés à jour et avec serrure fermant à quatre pênes, xvii° siècle.

107 — Boite carrée en écaille, garnie d'une gorge à charnière en doublé d'or et ornée d'un repoussé sur argent, représentant un sujet de chasse au sanglier, par Kirstein de *Strasbourg*.

108 — Médaillon rond en argent repoussé par Kirstein de *Strasbourg*, représentant l'Empereur Napoléon Ier, entouré de son état-major.

ORFÈVRERIE

109 — Noix de coco, finement sculptée à figures, paysages et ornements, montée en argent finement ciselé et doré sur pied à balustre et montants ornés. XVIe siècle.

Haut., 20 cent.

110 — Noix de coco, montée en cuivre ciselé et doré. Même époque.

Haut., 25 cent.

111 — Ostensoir en cuivre repoussé, ciselé et doré. Même époque.

Haut., 40 cent.

112 — Agrafe de chape en argent ciselé et doré à figures et ornements de style gothique et enrichie de pierreries.

Diam., 10 cent.

MINIATURES

113 — Grande miniature carrée sur vélin portant la signature *M. Cappacy fecit* 1711. Elle représente Vertumne et Pomone. Cadre en bois sculpté et doré.

114 — Deux jolies miniatures carrées sur vélin, attribuées à *Baudoin*, représentant l'une la Fille mal gardée et l'autre l'Indiscrète. Cadre en bois sculpté et doré.

115 — Miniature de forme carrée long sur vélin dans la manière de *Charlier*. Femme nue à demi couchée sur un lit de repos.

116 — Miniature ronde sur ivoire par *Lawrence*, représentant un sujet d'intérieur. Elle est montée sur une boîte ronde en écaille, garnie en or.

117 — Miniature carrée sur ivoire dans la manière de *Charlier*, représentant une femme nue à demi couchée dans un parc. Cadre en bronze doré.

118 — Miniature ovale sur ivoire. Portrait de femme, en costume du temps de l'empire.

119 — Miniature ronde sur ivoire. Portrait de femme, vêtue d'un corsage bleu. Cadre en bronze.

120 — Miniature ronde sur ivoire. Portrait de femme, le sein découvert.

121 — Miniature ovale sur ivoire. Portrait de femme, la coiffure et le corsage garnis de rubans bleus.

122 — Miniature ronde sur ivoire, jeune femme, vue à mi-corps et coiffée d'un diadème.

123 — Miniature ronde sur ivoire, représentant une Madeleine repentante.

124 — Quinze petites miniatures rondes, représentant divers épisodes tirés de la vie de Henri IV.

125 — Petite miniature ovale. Portrait d'Anne d'Autriche.

PORCELAINES DE LA CHINE

126 — Magnifique fontaine et son bassin en ancienne porcelaine de Chine de très-belle qualité. La fontaine, en forme de grosse potiche, est décorée de fleurs et d'oiseaux, émaillés en couleurs; la partie supérieure de la panse ainsi que le couvercle offrent de riches lambrequins d'or. Le bouton et le bord du couvercle sont rehaussés d'émail bleu.

Le bassin, de forme ovale et à gorge évasée, offre un décor analogue au vase et repose sur un pied découpé à jour.

Haut. du vase, 70 cent.

127 — Deux belles potiches à couvercles en ancienne porcelaine de Chine décorées en émaux de la famille verte à sujets de chasse. Les couvercles sont reliés aux vases par des garnitures en cuivre poli.

Haut., 64 cent.

128 — Belle pendule du temps de Louis XV, formée d'une figure d'homme et de deux cerfs couchés en ancienne porcelaine de Chine émaillée de couleurs variées et montés sur un socle rocaille en bronze enrichi de deux figures de syrènes. Cette pièce est garnie de branchages ornés de fleurettes de porcelaine et le tambour qui contient le mouvement est en ancienne porcelaine de Chine.

Haut., 55 cent.; larg., 42 cent.

129 — **Deux vases**, modèle balustre carré, en ancienne porcelaine de Chine, décorés de figures émaillées en couleurs sur fond filigrané d'or. Piédouche et couvercle en cuivre ciselé et doré.

Haut., 36 cent.

130 — **Deux petits vases**, forme bouteille, en ancienne porcelaine de Chine, décorés de fleurs et d'ornements en émaux de la famille verte. Socle et gorge en bronze doré.

Haut., 24 cent.

131 — **Deux petits vases**, forme bouteille, décorés de figures et d'animaux, émaillés en couleurs.

Haut., 21 cent.

132 — **Deux petits vases**, forme gourde en ancienne porcelaine de Chine, fond bleu fouetté, avec réserves décorés de fleurs émaillées en couleurs.

Haut., 19 cent.

133 — **Deux grands vases**, modèle balustre à côtes, en ancienne porcelaine de Chine, décorés en émaux de la famille verte à fleurs et paysages.

Haut., 09 cent.

134 — **Vase** de forme cylindrique en porcelaine émaillée noir, conservant des traces de dorure, garnis d'une monture de style rocaille en bronze ciselé et doré.

Haut., 55 cent.

135 — TROIS ASSIETTES en ancienne porcelaine mince de la Chine, modèle dite aux sept bordures, représentant un sujet familier au centre.

Diam.. 21 cent.

PORCELAINES DIVERSES

136 — DEUX JOLIS VASES de forme ovoïde, à couvercles, en ancienne porcelaine de Vienne, décorés de médaillons de personnages, finement peints en couleurs par J. WEEB. Le fond rosé et des compartiments émaillés carmin, sont rehaussés d'ornements d'or en relief.

Haut., 25 cent.

137 — BELLE TASSE, forme droite avec soucoupe en porcelaine de Vienne, fond carmin, rehaussé d'or en relief et médaillons, femmes tressant un feston de fleurs.

138 — TASSE analogue à celle qui précède, le médaillon représente l'Enlèvement de Proserpine par Pluton.

139-140 — DEUX BELLES ASSIETTES en porcelaine de Vienne; l'une représente Vénus et l'Amour, l'autre Diane et Endymion. Les bords, émaillés vert, sont rehaussés d'or.

141 — Vase, modèle litron, en porcelaine de Sèvres, émaillé gros bleu, monté sur piédouche, gorge et anses, têtes de béliers en bronze ciselé et doré. Époque Louis XVI.

Haut., 81 cent.

142 — Deux vases de même porcelaine et nuance, montés à socles, gorge, anses, festons de lauriers et couvercle en bronze ciselé et doré.

Haut., 28 cent.

143 — Deux petits vases, de forme ovoïde en porcelaine émaillée gros bleu, montés sur piédouche et festons de fleurs en bronze ciselé et doré. Les garnitures du couvercle se retournent et forment flambeau.

Haut., 22 cent.

144 — Vase de forme ovoïde en porcelaine tendre de Sèvres à couvercle repercé à jour et garni de bronze doré.

Haut., 29 cent.

145 — Deux jolis vases décorés à froid dans le style de vernis Martin, fond rouge à médaillons de personnages genre Watteau. Monture à anses du temps de Louis XVI en bronze ciselé et doré.

Haut., 31 cent.

146 — Beau vase de forme surbaissée à couvercle en ancienne porcelaine de Sèvres émaillée gros bleu richement garnie d'une monture à anses, mufles de lion et draperies en bronze ciselé et doré. Trois branches porte-lumières s'échappent du vase en retirant le couvercle. Époque Louis XVI.

Haut. 40 cent.

147 — Deux petits vases en porcelaine de Sèvres, pâte dure, fond gros bleu et médaillons de roses, montés en guise d'aiguières en bronze finement ciselé et doré au mat. Époque Louis XVI.

Haut.. 26 cent.

148 — Grande plaque en biscuit de Wedgwood, représentant un sujet de style antique. Cadre en bois sculpté et doré.

Haut.. 25 cent.; larg., 65 cent.

149 — Grande figure en ancienne porcelaine de Saxe. L'Ouvrier grand seigneur.

150 — Groupe en ancienne porcelaine de Saxe. Berger et Bergère.

151 — Groupe de même porcelaine. La bonne Mère.

152 — Groupe de même porcelaine. Les cinq Sens, représentés par des figurines d'enfants.

153 — Groupe de deux figures, Enfants musiciens.

153 bis — Huit groupes de même porcelaine et de sujets variés. Ils seront vendus séparément.

BRONZES D'ART
ET D'AMEUBLEMENT

154 — BRULE-PARFUMS de forme cylindrique et à couvercle bombé en cuivre ciselé et doré, enrichi de parties repercées à jour et de pilastres à fond émaillé bleu. Travail vénitien du XVIe siècle.

Haut., 23 cent.

155 — HORLOGE ALLEMANDE de forme carrée en cuivre gravé et doré, et enrichie de colonnettes aux angles. XVIe siècle.

Haut., 25 cent.

156 — BELLE HORLOGE ALLEMANDE en bronze doré, formée d'un lion automate debout, tenant un écusson contenant le cadran ; sur socle octogone en bois noir à moulures. XVIe siècle.

Haut., 33 cent.

157 — HORLOGE ALLEMANDE de forme carrée et plate en cuivre ciselé et doré à figures et ornements. XVIe siècle.

158 — DEUX GRANDS FLAMBEAUX en bronze, modèle à trépieds et vases enrichis de cariatides, de mascarons et de festons de fleurs. Travail italien du XVIe siècle.

159 — Serrure avec plaque et fermoir en bronze ciselé et doré à trophées d'armes, figures et armoiries. Travail italien du xvie siècle.

160 — Petite horloge allemande avec socle rond en cuivre doré et figurine de guerrier debout en cuivre argenté, montrant l'heure sur un cadran tournant, placé dans une sphère à l'extrémité d'une colonnette. xviie siècle.

Haut., 29 cent.

161 — Jolie pendule du temps de Louis XVI, modèle borne, en bronze ciselé et doré, sur socle en marbre blanc, et surmontée d'une figurine d'amour tenant une colombe.

Haut., 55 cent.

162 — Autre petite pendule Louis XVI, modèle vase, en bronze finement ciselé et doré sur fond bleu.

Haut., 37 cent.

163 — Pendule en bronze doré et marbre blanc, ornée de figures de femmes debout tenant des festons de fleurs et surmontée d'une figurine d'amour assis.

Haut., 55 cent.

164 — Pendule ou cartel en forme de lyre en bronze. Époque Louis XIV.

Haut., 66 cent.

165 — DEUX BEAUX CHENETS du temps de Louis XIV en bronze doré, formés chacun d'un cheval se cabrant, sur socle rocaille très-riche. Modèle rare.

Haut., 44 cent.

166 — DEUX CANDÉLABRES du temps de Louis XVI, formés chacun d'une figure de femme en bronze vert reposant sur des socles cannelés et tenant une corne d'abondance d'où s'échappent trois branches porte-lumières à rinceaux en bronze doré.

Haut., 75 cent.

167 — DEUX GIRANDOLES à quatre lumières de style Louis XIV, reposant sur des socles triangulaires ornés de sphinx et à branches se terminant par des têtes de bélier.

Haut., 55 cent.

168 — DEUX BEAUX CHENETS du temps de Louis XVI, modèle à vase et galerie, en bronze doré, enrichis de festons de chêne.

Larg., 40 cent.

169 — DEUX AUTRES CHENETS Louis XVI en bronze doré, modèle à flambeaux et cornes d'abondance.

Haut., 42 cent.

170 — DEUX BELLES GIRANDOLES du temps de Louis XVI, à trois branches à rinceaux et à quatre lumières, en bronze finement ciselé et doré, modèle à balustre cannelé et guirlandes de fleurs.

Haut., 45 cent.

171 — DEUX TRÈS-BEAUX BRAS appliques à trois lumières en bronze ciselé et doré surmontés de lions couchés et enrichis de festons de chêne. Époque Louis XV.

Haut., 45 cent.

172 — DEUX BEAUX SPHINX couchés en bronze doré. Époque Louis XIV.

Long., 20 cent.

173 — DEUX PETITS BRAS à deux lumières en bronze doré. Époque Louis XVI.

Haut , 35 cent.

174 — QUATRE PETITS BRAS à une lumière, modèle lyre, en bronze doré. Époque Louis XVI.

Haut., 20 cent.

175 — DEUX FLAMBEAUX à trépieds surmontés de girandoles porte-lumière, en bronze ciselé et doré. Époque Louis XVI.

Haut., 32 cent.

MEUBLES

176 — TRÈS-GRAND ET BEAU RÉGULATEUR du temps de Louis XIV entièrement plaqué d'écaille et richemen garni de bronzes. La caisse repose sur des griffes de lion et la pendule est ornée de quatre cariatides de femmes debout.

Haut., 2 m. 50 cent environ.

177 — PENDULE modèle lyre plaquée d'écaille et garnie de bronze ciselé et doré. Époque Louis XVI.

Haut., 68 cent.

178 — BEAU BUREAU A X en marqueterie de cuivre sur écaille noire. Époque Louis XIV.

179 — COMMODE de style Louis XIV en marqueterie de cuivre, écaille, nacre, etc.

180 — VITRINE modèle bonheur du jour en bois noir et moulures en cuivre poli, garnie en glace.

181 — DIX-SEPT MORCEAUX DE TAPISSERIE à médaillons de personnages sur fond rouge et jaune provenant de garnitures de siéges.

TAPISSERIES

SUITE DE NEUF TAPISSERIES du xvie siècle, représentant des sujets de chasse d'après des dessins de LUCAS DE LEYDE.

Ces tapisseries sont remarquables par l'exactitude et la variété des costumes, par la beauté des paysages, par la savante ordonnance des compositions et par le style à la fois élégant et grandiose des personnages. Elles proviennent du château de Louvois, ministre de Louis XIV. — En 1795 elles furent transportées d'Anzy à Gyé, où elles sont restées tendues sous boiseries jusqu'à ce jour.

SUJETS ET DIMENSIONS :

	Haut.	Larg.
182 — Préparatifs d'un repas en forêt.	3 m. 70	4 m.
183 — Le Repas.	3 m. 70	4 m.
184 — Le Départ pour la chasse.	3 m. 70	5 m. 20
185 — La Chasse au cerf.	3 m.	4 m. 60
186 — La danse au flambeaux.	3 m. 30	4 m.
187 — Pastorale.	3 m.	2 m. 85
188 — Le Loup.	3 m.	2 m. 90
189 — Le Renard.	3 m.	2 m. 10
190 — Le Bœuf à la broche.	3 m.	2 m. 10